AF312559

ORAISON FUNEBRE

DE

TRES-HAUT ET TRES-PUISSANT

PRINCE

MONSEIGNEUR

PHILIPPE FILS DE FRANCE,

FRERE UNIQUE DU ROY,

DUC D'ORLEANS.

Prononcée dans l'Eglife de l'Abbaye de S. Denis le 23. Juillet
par M. FRANÇOIS DE CLERMONT TONNERRE,
Evêque Duc de Langres Pair de France.

A PARIS,

Chez ANDRE' PRALARD, ruë faint Jacques,
à l'Occafion.

M. DCCI.

AVEC PERMISSION.

ORAISON FUNEBRE

DE TRES-HAUT ET TRES-PUISSANT
Prince Monseigneur PHILIPPE FILS DE FRANCE
Frere unique du Roy, Duc d'Orleans.

Qui tecum in omnibus ubicunque ambulasti, interfeci uneverfos inimicos tuos à facie tua; fecique tibi nomen grande, juxta nomen magnorum qui sunt in terra.

Je ne vous ay jamais abandonné, je vous ay rendu victorieux de tous vos ennemis toutes les fois qu'ils ont paru devant vous; & je vous ay fait un grand nom parmy les plus grands Princes de la terre. Ce font les paroles que le Prophete Natan difoit à David de la part de Dieu, rapportées dans le 2. Livre des Rois ch. 7.

ONSEIGNEUR,

Les triftes preuves de la vanité du monde paroiffent icy dans leur jour; ces grandeurs éblouïffantes qui feduifent les hommes leur font fentir aujourd'huy ce que l'éloquence Chrétienne ne peut leur perfuader, & à la vûë de cette pompe funebre, les cœurs pleins de nôtre douleur, nous fommes contraints de reconnoître le néant du monde dans la perte d'un Prince qui en faifoit l'ornement.

Grandeurs fuprêmes, eftime publique, réputation univerfelle, vous avez toûjours accompagné ce Prince dans le cours de fon illuftre vie; mais il ne vous connoît plus aujourd'huy, & fi vous rendez fon nom immortel, ces vaines idées d'un bonheur dont il ne peut joüir, feroient pour nous de foibles confolations, fi les Miniftres de l'Eglife ne luy pouvoient dire avec le Prophete, de la part de celuy qui ne perd point de vûë fes Elus, je ne vous ay jamais abandonné, *Fui tecum in omnibus ubicunque ambulafti.*

Oublions, comme ils le meritent, ces Princes qui poffedez de leur grandeur ne regardent jamais au deffus d'eux, leur felicité paffagere fouvent troublée par les paffions, fe termine par un petit nombre d'années; & ne confervans de leur élevation que le compte qu'ils font obligez d'en rendre, funeftes victimes de la grandeur, ils paroiffent devant le tribunal de Dieu, vuides des actions de vertu qui conduifent à une gloire folide.

Le Prince que nous regrettons ne nous laiffe point ces fâcheufes idées, formé du plus illuftre fang du monde, modefte dans fa grandeur; né dans une Cour dont la politeffe a toûjours fait l'envie & l'admiration de toute l'Europe, fi Dieu avoit permis que dans les premiers feux d'une vive jeuneſſe, ſon cœur ſe fût laiſſé ſurprendre par les faux appas des plaiſirs, une ſecrette conduite de la Providence qui le rappelloit à Dieu dans le temps meſme qu'il s'en éloignoit, luy a toûjours fait ſentir que Dieu ne l'a jamais abandonné. *Fui tecum in omnibus ubicunque ambulaſti.*

Mais penetrons plus avant dans les deſſeins de la bonté de Dieu ſur ce Prince; il ne s'eſt pas contenté de le conduire par des voyes cachées aux yeux des hommes, il a voulu que ſon nom ſe répandît de toutes parts, qu'il fût auſſi craint & eſtimé parmy les ennemis de l'Etat, qu'il étoit aimé & reſpecté parmy nous; & pour luy donner ces ſignes viſibles de ſa protection que David demandoit avec tant d'ardeur, il répandoit la terreur parmy les Ennemis auſſi-tôt qu'ils paroiſſoient devant luy: *Interfeci univerſos inimicos tuos à facie tua.*

Les projets les plus difficiles, les entrepriſes les plus perilleuſes ne ſervoient qu'à relever ſa gloire; en un mot, tout réüſſiſſoit entre les mains de ce Prince, parce qu'il étoit toûjours conduit par la main de Dieu.

Diſons donc avec le Prophete, que le Seigneur luy a fait un grand nom, *Feci tibi nomen grande*; un grand nom par ſon ſang auguſte, qui ne connoît que Dieu au deſſus de luy, comme parloit autrefois Tertullien d'un Empereur de ſon temps; un grand nom par ſa valeur, dont le bruit s'eſt répandu dans les Païs les plus éloignez; un grand nom par les ſoins qu'il

s'eſt donné de ſuivre les traces du Roy, croyant
avec juſtice ſe mettre au deſſus de tous les Princes du
monde, s'il pouvoit approcher de luy ; un plus grand
nom par ſa pieté envers Dieu, par ſa charité envers
les pauvres, & par tant de vertûs, que l'éloquence
a peine à ſe déterminer.

 Cependant, MESSIEURS, pour faire place à
des larmes que vous ne retenez que par reſpect, &
que vous ne pouvez retenir long-tems, renfermons
ce diſcours, quelque vaſte qu'il dût être, dans les paroles de mon texte, & publions avec le Prophete, que le
Prince pour lequel l'Egliſe offre aujourd'huy le ſang
de JESUS-CHRIST, a été grand devant les hommes,
& grand devant Dieu: Grand devant les hommes, par
une valeur tant de fois éprouvée : Peuples vaincus, venez honorer ſa memoire ; grand devant Dieu, par une
pieté tendre & charitable ; Pauvres qu'il a ſi ſouvent
ſecourus, venez aux pieds des Autels rendre compte
des liberalitez qu'il vouloit cacher aux yeux des hom-
més. Et vous, ſacrez Miniſtres du Seigneur, ſuſpen-
dez pour quelques momens ce Sacrifice ſi ſolemnel &
ſi neceſſaire, pour laiſſer la triſte conſolation d'entendre l'Eloge funebre de TRES-HAUT ET TRES-
PUISSANT PRINCE MONSEIGNEUR
PHILIPPE FILS DE FRANCE, FRERE
UNIQUE DU ROY, DUC D'ORLEANS.

PREMIERE
PARTIE. Les Heros étans l'ouvrage du ciel qui les deſtine
à paroître ſur la terre au deſſus des autres hommes,
ne connoiſſent point dans leur jeuneſſe ces tems

obſcurs où le public incertain de leur ſort ne commence pas encore à ſentir ce qu'ils feront un jour;
les premieres marques de leur vertu paroiſſent avec
leurs premieres années, & l'on apprend à les admirer auſſi-tôt qu'on peut les connoître.

Tels ont été les ſentimens que Monſieur a inſ-
pirés dans ſa premiere jeuneſſe; un eſprit vif & aiſé,
un air prévenant & affable, de la fierté quand on
luy reſiſtoit, de la bonté quand on cherchoit à
luy plaire, une ſecrette envie de gagner tous les
cœurs, une noble émulation de ſurpaſſer ce que l'antiquité luy preſentoit de plus grand; voilà, Meſſieurs, les premiers eſſais de ſes vertus; voilà les premieres idées ſur leſquelles Monſieur accoûtume à
juger ce qu'on doit attendre de luy.

De ſi grandes & de ſi aimables qualitez l'aſſu-
roient des cœurs de tout le monde: & ſi l'on pouvoit croire qu'on partageât quelque choſe avec
LOUIS LE GRAND, on oſeroit dire que Monſieur a partagé avec luy la tendre amitié de la Reine
ſa mere: Cette Princeſſe qui admiroit les vertus heroïques du Roy, qui entrevoyoit dans les premieres années de ſon regne, ce que ſon grand cœur luy
feroit entreprendre, ce que ſa ſageſſe luy feroit exe-
cuter, ſentoit une ſecrete complaiſance de luy avoir
donné un frere ſi digne de luy.

Elle élevoit ce Prince dans la ſoumiſſion qu'il
devoit au Roy; elle l'entretenoit des grandes qualitez qui commençoient à paroître dans ce jeune
Monarque, & rappelloit à ſa memoire, ces tems

fâcheux où la divifion des freres avoit fait leur malheur & celuy des peuples. La Reine trouvoit dans
le cœur de Monfieur pour le Roy tous les fenti-
mens qu'elle vouloit luy infpirer ; une fecrete admiration née avec ce Prince pour la perfonne de fon
augufte frere , un refpect inviolable , un dévoüe-
ment pour fa gloire qui luy a fait méprifer les perils les plus certains toutes les fois qu'il a crû y pouvoir contribuer ; enfin on peut dire que Monfieur
s'eft formé dés fes plus tendres années l'idée du Roy,
telle qu'elle eft aujourd'huy dans toute l'Europe,
& que fi il a fatisfait aux mouvemens de fon cœur,
en confervant pour luy cette amitié tendre & ref-
pectueufe que la nature luy avoit donnée ; il a tra-
vaillé en même tems pour fa propre gloire , en
marquant un parfait attachement pour un Prince
qu'il a toujours admiré.

Quelle joye excitoit dans le cœur de la Reine
mere une fi étroite union entre deux Princes qu'elle
aimoit fi tendrement ; quelle gloire pour elle aprés
avoir fi fagement gouverné ce Royaume, de voir
monter fur le Trône un fils fi digne de regner, &
quelle confolation de trouver dans la perfonne de
Monfieur, un Prince qui remplit tous les devoirs de
premier Sujet du monde , & de frere de LOUIS
LE GRAND!

Mais quelle fut la vive douleur de Monfieur,
quand la France menacée par la maladie du Roy
à Calais, d'un malheur que tous les fiecles avenir
n'auroient pû reparer, fentoit par avance ce que ce

grand

grand Prince feroit un jour par la jufte crainte qu'elle avoit de le perdre, dans des tems fi triftes où l'incertitude de l'évenement faifoit trembler tout le monde, Monfieur étoit l'exemple de la douleur publique ; on lifoit fur fon augufte vifage l'état de la fanté du Roy ; l'eftime & l'amitié luy faifoient fentir, qu'il preferoit l'honneur de vivre fon Sujet à la gloire de regner ; pénétré des vertus de ce Monarque, il ne pouvoit imaginer qu'il y eût un Prince fur la terre qui pût remplir fa place : & fi quelques Courtifans flateurs vouloient luy faire entre-voir la grandeur qui le regardoit, ils trouvoient dans le cœur de Monfieur une fi grande indignation, que refpectans fa douleur, ils n'ofoient plus exciter fon ambition.

Le Ciel fe contenta de nous menacer : L o u i s vécut, & donné une feconde fois aux vœux & aux befoins de la France, il rendit la joye de Monfieur fi parfaite, qu'il fembloit que Dieu ne l'eût accordé qu'à fes juftes defirs.

Admirons, Meffieurs, quelques momens les marques d'une amitié fi heroïque ; avoüons que l'antiquité ne nous fournit rien de fi grand, & ne cherchons que dans les vertus de Monfieur, des exemples qu'il n'a reçûs de perfonne.

Fidele à tous fes devoirs, fa pieté pour la Reine fa mere, égaloit s'il fe peut, fon refpect pour le Roy ; cependant n'attendez pas que je vous faffe icy un portrait de tout ce qu'il a fenty quand il a vû cette grande Princeffe combattre fi long-tems con-

tre la mort; ne croyez pas que je vous parle de la
tendreſſe qu'elle luy a marquée dans les derniers momens de ſa vie; preſſé par le tems, je ne puis vous
entretenir ny de la douleur, ny de la reconnoiſ-
ſance de ce Prince; appellons donc à nôtre ſecours
ce ſuperbe monument de la Religion & de la magnificence de cette grande Reine, dans lequel on
voyoit Monſieur tous les ans auſſi touché de la perte
de la Reine ſa mere, que ſi le ciel venoit de la luy
ravir, offrir à Dieu ſes vœux & ſes prieres pour
cette Princeſſe toûjours preſente à ſon cœur.

Je m'apperçois, Meſſieurs, que ne ménageant pas
aſſez vôtre douleur, je vous parle trop ſouvent
de celle de Monſieur; ſes vertus douces & aimables ne ſervent qu'à vous entretenir dans vos triſtes
reflexions; le bruit des armes me paroît plus propre
à les ſuſpendre, du moins pour quelques momens;
conſiderons donc ce grand Prince appliqué à appren-
dre ſous le Roy l'art de de vaincre ſes ennemis.

Le malheur des tems obligeant le Roy à prendre
les armes pour maintenir les droits de la Reine, il
parut en Flandres avec une armée conſiderable; ſes
troupes ſoûtenuës de ſa preſence, marchoient avec
cette fierté ſi naturelle aux François; & ſûrs de vain-
creſous les yeux d'un Roy qui a ſçû fixer l'inconſtan-
ce de la victoire; ils ne ſouhaitoient que de trouver
des ennemis pour les combattre; la campagne aban-
donnée par les troupes qui la devoient défendre,
engagea le Roy à former le ſiege des principales
Villes de Flandres, eſperant que ſes ennemis qui

s'étoient attirez la guerre paroîtroient pour la soûtenir, & que combattant à la teste de ses troupes,
il pourroit leur dire avec un de ses Augustes prede-
cesseurs, *Avoüez que je suis digne de vous commander.*

Les Villes de Tournay, Doüay, Oudenarde, Lis-
le furent emportées par la valeur de ce jeune Monarque sans que les ennemis osassent paroître; Monsieur pendant ces Sieges non content de n'abandonner jamais la personne du Roy & de donner à ses
yeux des marques continuelles de son courage, se
déroboit pour aller dans la tranchée exciter par sa
valeur celle des soldats ; c'est-là que par ses liberalitez, & par ses exemples, animant les troupes, il
osoit en plein jour avancer à découvert des ouvrages
ou l'on ne travaille que la nuit ; c'est-là qu'ou-
bliant cette complexion délicate qui sembloit l'é-
loigner des exercices penibles, il faisoit paroître la
force d'un soldat avec les vertus d'un Heros ; c'est-
là enfin que méprisant les soins de sa vie, il ne cherchoit l'estime publique que pour mériter celle du
Roy.

La haute réputation que Monsieur avoit acqui-
se dans cette campagne, porta le Roy qui vouloit
contribuer à la gloire de ce Prince à l'envoyer dans
la Campagne d'Hollande former le Siege de Zut-
phem ; quelle joye pour Monsieur de pouvoir donner une libre étendüe à sa valeur, il approche de cette Place, il la reconnoît, les remontrances des Generaux sur les perils où il s'expose sont inutiles, il veut

être à l'ouverture de la tranchée , il veut juger par
luy-même des travaux , il veut ſe mettre à la teſte
des troupes pour repouſſer les ennemis s'ils oſent faire quelque ſortie conſiderable ; en un mot il veut
être par tout pour ne partager ſa gloire avec perſonne.

Cette Place forte & deffenduë par quatre mil
hommes , ſe promettoit une vigoureuſe reſiſtance,
ces difficultez augmentent l'audace de ce jeune Prince, il avoit vû que tout plioit devant le Roy , il crût
que rien ne devoit reſiſter à ſon Frere , il redouble
ſes ſoins pour faire avancer les travaux , les ſoldats
ne trouvent rien d'impoſſible pour luy plaire , &
cette Ville dont le Siege devoit durer long-tems fut
attaquée avec tant de vigueur que le Gouverneur
ſe vit contraint en trois jours de ſe rendre à diſ-
cretion.

Quelle fut la ſatisfaction du Roy de trouver dans
un Frere qu'il aime, un Prince qu'il doit eſtimer,
& quel bonheur pour Monſieur qui ne cherche qu'à
plaire au Roy , de remarquer que le cœur de ce
Grand Prince s'intereſſe dans les loüanges qu'on luy
donne.

Paſſons , Meſſieurs , ces premiers ſuccez des Armes du Roy entre les mains de Monſieur , & voyons-
le dans le Siege de Bouchain où il commence à im-
poſer au plus redoutable Chef des alliez.

Le Roy ayant pris Condé envoya Monſieur fai-
te le ſiege de Bouchain, cette Place quoy que petite
étoit redoutable par ſes fortifications , & neceſſaire
aux deſſeins du Roy, parce qu'elle coupoit la com-

munication de Cambray à Valenciennes que ce Prince méditoit d'affieger la Campagne fuivante. Monfieur avec fa diligence ordinaire avoit avancé fes travaux & mis la Place en état de craindre le dernier effort de fes armes, lors qu'il apprit que les ennemis fe flattoient de la fecourir, en effet le genie qui les anime fe fert de tout ce que l'artifice luy peut fournir pour réüffir dans une entreprife où fon honneur étoit intereffé, il cherche à dérober des marches, il paffe l'Efcaut avec une diligence incroyable & il efpere de paroître dans des lieux où il croit qu'on ne l'attend pas.

Mais le Roy à qui rien n'échappe prévient fes deffeins & charmé du parti que les ennemis prennent de fecourir Bouchain, il met fon Armée en bataille, permet à Monfieur de venir combattre fous fes Ordres, luy donne l'aîle gauche à commander, & fent toute la joye d'un jeune Heros qui trouve une fi belle occafion de marcher à la gloire.

Quel fpectacle pour l'Univers de voir la Maifon de France armée, de voir ces Auguftes Freres combattre enfemble des ennemis qu'ils ont toujours vaincus féparez, quelle impatience dans ces ames magnanimes de commencer cette grande action, & qui pourroit croire que les ennemis étonnez par leur prefence, ne fongent plus qu'à éviter une bataille qu'ils s'étoient vantez de prefenter.

Le Roy pour engager un Combat qu'il defiroit avec tant d'ardeur, renvoye Monfieur à Bouchain, luy ordonne de faire voir cette Ville en feu aux yeux des ennemis, efperant qu'ils s'épargneront la honte d'être les témoins de la prife d'une Place qu'ils avoient promis de fecourir, & que faifans quelques mouvemens pour aller à Monfieur, ils luy feroient naître les moyens de marcher à eux ; mais les ennemis immobiles laiffent à Monfieur la gloire de prendre Bouchain, & font connoître qu'ils avoient voulu le furprendre, & qu'ils n'ofent combattre.

Suivons cependant les Ennemis dans le tems même qu'ils nous évitent ; ils fervent trop utilement à la gloire de Monfieur pour les laiffer difparoître, voyons ce que le Prince qui les commande, fi capable d'une grande action, entreprendra pour foûtenir l'honneur de fon parti, & pour venger fa réputation offenfée : Le Roy ouvre la campagne fuivante par le fiege de Valenciennes ; cette place prefque imprenable n'occupe que peu de jours les foins de ce Heros, & cherchant par tout des ennemis qui ofent enfin luy réfifter, il forme un deffein qui feul fuffiroit pour faire connoître les qualitez heroïques de ce Roy magnanime, fon courage luy fait entreprendre devant des Armées auffi fortes que les fiennes d'attaquer en même temps les deux Places les plus confiderables de la Flandres, & les plus neceffaires à fes ennemis, dans cette vûë il marche à Cambray, & charge Monfieur d'aller faire le fiege de faint Omer.

Ce Prince arrive devant cette Place, occupe les poftes, ouvre la tranchée, & pour perfectionner fes ouvrages, fe fert d'une maniere nouvelle pour faire

poſer du canon dans des lieux où les ennemis ne
croyoient pas qu’on en pût conduire; c’eſt-là où ce
Chef qui fait toute l’attente des Alliez, touché de
n’avoir encore rien fait pour ſa gloire, croit trouver
un moment favorable pour faire réüſſir ſes deſſeins:
Il voit Monſieur dans une ſituation où il ne peut
combattre qu’avec un deſavantage conſiderable, cette
occaſion luy paroît heureuſe & le détermine à donner bataille; il ranime la valeur de ſes ſoldats, il
leur fait ſentir la honte de n’oſer tenter la victoire,
& leur repreſentant l’Armée de Monſieur trop foible pour leur réſiſter, il cherche à leur diminuer la
vûë du peril pour augmenter leur confiance.

MONSIEUR informé de ſes démarches, aſſem-
ble le Conſeil de Guerre; les Generaux les plus in-
trepides doutent ſi l’on doit donner un combat auſſi
inégal; les ennemis poſtez avantageuſement, leur
nombre ſuperieur au noſtre les font balancer, la
valeur même de Monſieur les arrête; ils ſçavent
que ce Prince ſera toûjours où le peril ſera le plus
grand; & perſuadez de la tendreſſe du Roy pour
luy, ils ſont convaincus que toutes les victoires du
monde ne pourroient le dédommager de ſa perte.

MONSIEUR ſeul prend ſur luy le ſuccés du
combat; il envoye reconnoître l’Armée des ennemis; il conſidere la diſpoſition de leur camp; il
remarque leur faute, il en profite; & impatient, il
livre une bataille que les ennemis vouloient luy
donner, les ſoldats animez par ſon exemple ne connoiſſent plus le peril; accoûtumez à vaincre, ils re-

doublent leurs efforts, par l'envie qu'ils ont de marquer leur amour pour Monsieur, en répandant leur sang pour sa gloire, ils sentent qu'un Prince qui marche si fierement à la victoire est digne de la remporter; dans cet esprit ils vont aux ennemis, ils les attaquent, ils les forcent dans les endroits les plus difficiles, leur résistance opiniâtre ne sert qu'à exciter leur courage.

MONSIEUR present par tout, s'apperçoit que les ennemis enfoncent quelques bataillons, il s'avance, il les rallie, les mene aux ennemis; & répandant la terreur jusqu'au milieu de leur camp, il est le premier, témoin de sa victoire : ces troupes fugitives laissent à Monsieur pour monument de sa gloire le champ de bataille chargé de cinq mille morts, leur canon, leur bagage, trois mille prisonniers; en un mot, toutes les marques de la victoire la plus complette & la plus glorieuse.

Quelle sera l'occupation du Vainqueur après le gain de la bataille; plein de sa propre gloire ira-t-il se livrer aux applaudissemens publics, les cris de joye des Soldats, les loüanges des Capitaines, l'admiration des Generaux exciteront-ils dans ce grand cœur quelques mouvemens de présomption si ordinaires à ceux qui font au dessus des autres : Non, Messieurs, ce Prince modeste dans la victoire, ne perd rien de son caractere ; reconnoissant envers Dieu il leve au Ciel ses mains victorieuses, il rend graces au Dieu des Armées d'avoir combattu pour luy, il confesse avec humilité que c'est la main de

Dieu

Dieu qui s'eſt appeſantie ſur les ennemis ; que c'eſt luy qui les a vaincus par la force de ſon bras , qui a diſſipé leurs deſſeins par ſa ſageſſe , & qui a bien voulu écouter les prieres de ſon ſerviteur dans les jours de ſa miſericorde.

Ces premiers devoirs rendus à Dieu , Monſieur pour ſatisfaire à cette bonté tendre & genereuſe qui accompagne toutes ſes actions , va ſur le Champ de bataille faire donner de prompts ſecours à tous les bleſſez , ceux des ennemis qui s'y trouvent ont part à ſes graces , il entre dans leurs beſoins , il prend ſoin de leurs jours , & leur fait autant admirer ſon humanité aprés la victoire , qu'il leur avoit fait redouter ſa valeur pendant le combat.

C'eſt ainſi que ſe termine cette grande journée de Caſſel , ſi glorieuſe pour Monſieur , ſi fatale aux Ennemis ; c'eſt ainſi que ce Prince fait briller mille vertus dans une ſeule action ; ſa valeur , ſa pénétration , ſon activité , ſa pieté , ſa modeſtie , cette bonté compatiſſante qui ne peut voir ſouffrir des malheureux ſans les ſecourir ; & c'eſt ainſi que ce genie ſuperieur qui flattoit les ennemis d'une victoire certaine , voit ſes deſſeins diſſipez & ſa valeur trompée par la prudence & par le courage invincible du grand Prince que nous venons de perdre.

La Ville de ſaint Omer ne pouvant eſperer aucun ſecours , ne fut pas long-tems à reconnoître ſon Vainqueur , & Monſieur aprés avoir donné les ordres neceſſaires pour la ſûreté d'une Place ſi importante , partit pour aller rejoindre le Roy : Auſſitoſt qu'il paroît les ſoldats quittent leur rang pour avoir le plaiſir de le voir, toute la Cour s'empreſſe à l'admirer; ce Prince plus modeſte que jamais, reçoit avec peine les loüanges les plus juſtes; il approche de la perſonne du Roy avec cette tendre veneration qui luy étoit ſi naturelle, il luy rend compte des actions de tout le monde, & n'oublie que les ſiennes; il donne à la valeur des Troupes, à la ſageſſe des Generaux tout ce qu'il ſe doit à lui-même, & charmé de la joye que le Roy luy témoigne de la victoire qu'il venoit de remporter, il y eſt mille fois plus ſenſible qu'il ne l'avoit été au gain de la bataille.

Diſons donc à la gloire du Vainqueur de Caſſel ſi redoutable dans le combat, ſi modeſte aprés la victoire, que Dieu l'a fait triompher de ſes ennemis toutes les fois qu'ils ont paru devant luy, *interfeci univerſos inimicos tuos à facie tua.*

En effet, ſi les plus grands Heros ont ſouvent beſoin dans les portraits qu'on donne d'eux au Public, que l'Orateur habile cache ſous des ombres quelques endroits de leur vie peu favorables à leur gloire, nous pouvons dire icy dans la Chaire de verité, où nous ne loüerions pas ſi hautement les actions militaires de Monſieur ſi elles n'étoient en quelque maniere ſanctifiées par la protection continuelle que Dieu luy a donnée; que ſa gloire eſt entiere; que les ennemis n'ont jamais eu ſur luy aucun avantage; qu'il s'eſt trouvé à la priſe des plus fortes Villes de l'Europe; qu'il a formé pluſieurs fieges fans en lever aucun ; qu'il a fouvent cherché les Ennemis fans qu'ils ofaffent paroître, & que fi leur Chef le plus capable de réüffir, s'eft enfin refolu à combattre contre luy, il n'a fervi par fa défaite qu'à verifier pour Monfieur, ces paroles de mon texte, Je vous ay toûjours fait vaincre vos ennemis, *interfeci univerfos inimicos tuos.*

Mais ces heureux fuccés, cette gloire fi brillante, ce nom fi refpecté & fi grand devant les hommes, que luy ferviroient-ils devant Dieu, fi celuy qui armoit fon bras contre les ennemis ne fortifioit fon cœur contre les paffions, s'il ne rendoit ce Prince auffi grand devant luy par fa pieté, qu'il l'a rendu redoutable aux ennemis par fa valeur ? Cherchons donc dans cette pieté tendre & charitable que Dieu a mife dans fon cœur l'efperance de fon falut, & renouvellez vos attentions dans cette feconde Partie, où vous trouverez des vertus propres à vous édifier & à vous inftruire.

NE cherchons point de veritable juftice fur la terre; l'Ecriture nous enfeigne que le plus jufte peche fouvent, & JESUS-CHRIST pour faire reconnoître fa divinité aux hommes, leur fait remarquer, qu'ils ne peuvent le reprendre d'aucun peché, *Quis ex vobis arguet me de peccato?* SECONDE PARTIE.

Ne croyons donc pas trouver dans un Prince élevé parmi les délices du monde, environné de plaifirs enchanteurs, dans une Cour où tout cherche à luy plaire, une Ame toûjours innocente, ce feroit un prodige de la grace que Dieu expofe rarement à nos yeux ; mais admirons dans Monſieur un fond de Religion , qui dans tous les tems de ſa vie nous a fait entrevoir le caractere d'un Prince que la Providence vouloit ſauver.

En effet, Monſieur a toûjours donné des preuves ſenſibles de ſa pieté ; ſa foy , & ſon reſpect pour la Religion ont paru dans toutes ſes actions : Quelle veneration pour nos myſteres , quelle confiance en la miſericorde de Dieu , quelle crainte de ſes jugemens n'a-t-il pas marqué ? On le voyoit dans ſa plus vive jeuneſſe s'occuper ſouvent à la priere , & demander à Dieu la force de vaincre ſes paſſions.

S'il bâtit cette maiſon ſuperbe, où la magnificence & le bon goût regnent par tout , où l'art ne fait qu'aider la nature : Il veut pour ſe la rendre agréable que le ſerviçe de Dieu s'y faſſe d'une maniere ſolemnelle ; qu'un nombre conſiderable de Preſtres qu'il y fonde leve ſans ceſſe les mains au Ciel pour attirer ſur luy ſes benedictions ; & pour les meriter, ſa pieté aſſiduë le faiſoit ſouvent aſſiſter avec eux aux Offices Divins. Qu'il faiſoit beau voir ce Vainqueur, couronné par la victoire , venir comme un ſimple Fidele remplir dans ſa Paroiſſe les devoirs d'un veritable Chrétien , & faire par des actions ſi édifianres la cenſure de la plus part des hommes.

Mais qui pourroit exprimer l'étenduë de ſa charité, je vous appelle icy nombre preſque infini de pauvres familles qui dérobans au public la connoiſſance de vos beſoins , trouviez dans les liberalitez de Monſieur les ſecours qui vous étoient neceſſaires, les aumônes qu'il vous a faites font, il eſt vray, cachées aux hommes, mais elles en font plus agréables à Dieu , & ce Prince reçoit aujourd'huy la récompenſe de tous les biens qu'il vous a donnez.

Il y a, Meſſieurs, deux préceptes dans l'Ecriture qui paroiſſent oppoſez ; dans l'un Dieu veut que nos bonnes œuvres ſoient ſi cachées, qu'une partie de nous-même les ignore, & dans l'autre il nous ordonne de les rendre ſi publiques, que tout le monde les connoiſſe : Qu'eſt-ce que cela ſignifie? La Verité n'eſt-elle pas toûjours une , ſimple invariable? Dieu peut-il ſe contredire dans ſes préceptes? Nous commande-t-il des choſes impoſſibles , ou cherche-t-il à nous ſéduire? Non , Meſſieurs, ce Dieu du cœur, jaloux d'y regner, veut que vous cachiez dans le ſecret de ſa Providence une partie de vos bonnes œuvres, pour marquer qu'elles ne ſont faites que pour luy ; mais engagez à donner l'exemple , il vous ordonne en même tems d'en faire paroître aux yeux des hommes qui les édifient, & les portent à luy rendre ce qu'ils luy doivent.

MONSIEUR a rempli dans ſes charitez ces deux caracteres d'un parfait Chrétien , il a caché dans le ſein des pauvres, il y a mis à profit pour l'Eternité des ſommes infinies ; mais ſes aumônes particulieres n'empechoient pas ſes aumônes publiques ; dans le tems qu'il ordonnoit en ſecret d'aller rétablir cette famille ruinée , il donnoit aux yeux de ſes courtiſans des ſommes conſiderables , on l'a vû pendant des voyages répandre l'argent à tous les pauvres qui ſe

préfentoient, avec la même liberalité qu'un homme
qui féme répand fes biens dans le fein de la terre,
comme parle faint Chryfoftome : *Seminantis more.*

Ne nous étonnons donc pas, fi l'Apôtre nous af-
fure que celuy qui donne aux pauvres avec un efprit de liberalité, qui craint toujours de ne pas donner affez, recueille une moiffon abondante en benedictions; que la charité de Monfieur toujours vive,
toujours bien-faifante, luy ait attiré des graces continuelles; ne nous étonnons pas que Monfieur n'ou-
bliant jamais Dieu fur la terre dans la perfonne de
fes pauvres, Dieu ne l'oublie pas dans le Ciel; qu'il
récompenfe fes aumônes cachées, & fes aumônes
publiques, fes aumônes cachées par des graces inte-
rieures qui éclairent fon efprit & touchent fon cœur,
& fes aumônes publiques par les foins vifibles de fa
Providence à luy donner des enfans dignes de le ré-
prefenter.

Ce Prince voulant par une alliance contribuer à
affermir la paix que le Roy avoit donnée à l'Europe, Epoufa Madame Henriette Anne Princeffe d'An-
gleterre, qui vint en France avec ces qualitez que
l'eftime & l'admiration accompagnent toujours, &
qui dans le peu de temps qu'elle a vécû s'eft acquife
une réputation qui ne mourra jamais. Elle nous a laiffé
en mourant deux grandes Princeffes qui ont depuis
parû dans l'Europe avec des vertus dignes de leur
Sang. Une Reine d'Efpagne, qui a porté dans ce
Royaume des qualitez heroïques & aimables, qu'on
y refpecte encore: Et qui fçait fi la Providence qui dif-

pofe dans les fecrets de fa fageffe les plus grands éve-
nemens, n'a point choifi cette Princeffe pour faire
connoître aux Efpagnols le bonheur de la domi-
nation Françoife, & fi elle n'a pas préparé leurs ef-
prits par les foins qu'elle fe donnoit de les entretenir
fans ceffe des vertus de Loüis le Grand, à luy venir
demander pour leur Roy, un Prince de fon Sang.

Ces mêmes qualitez fe font admirer dans Madame
la Ducheffe de Savoye, fa fage conduite s'eft attirée
l'eftime & la veneration de fes peuples, & plus heu-
reufe dans fa pofteriré que la Reine fa Sœur, aprés
avoir donné à la France une Ducheffe de Bourgogne dont l'air majeftueux, l'efprit brillant & folide,
les manieres meflées de douceur & de fierté, font
fentir tout le merite de fes vertus naiffantes; donne
encore aujourd'huy à l'Efpagne une Princeffe qui va
faire revivre dans ce Royaume les vertus de la Reine fa Tante.

Mais ce ne feroit pas affez que le Sang de Monfieur fe confervât dans des Princeffes dont les vertus convenables à leur fexe, ne leur permettent pas
de faire briller à nos yeux ce courage invincible
qui ne connoiffoit le peril que pour le méprifer; il
faut pour fa gloire & pour nôtre confolation, que
nous ayons un Prince digne heritier des fes vertus,
qui nous le reprefente fans ceffe, un Prince qui par
fa bonté s'attire tous les cœurs, qui cherche la gloire fans oftentation, qui merite les loüanges fans les
aimer, qui étonne les ennemis par fa valeur, & qui
dés fes premieres campagnes execute ce qu'on n'o-

feroit entreprendre ; c'eft-là un foible crayon des vertus du Fils que la Providence luy deftine dans fon
fecond Mariage.

MONSIEUR pour donner toujours à la France
des alliances dignes d'elle , époufe Madame Eliza-
beth-Charlotte Princeffe Electorale Palatine ; cette
Princeffe née d'une Maifon accoûtumée aux Sce-
ptres & aux Couronnes , qui a donné des Empe-
reurs à l'Occident , des Rois au Dannemark & à la
Bohéme , & qui en donne encore aujourd'huy à la
Suéde, fait autant refpecter fes vertus que fa naiffan-
ce; on voit en elle un efprit aifé qui fe fait fentir fans
chercher à paroître, un cœur élevé toujours fenfible à
la gloire , une tendreffe pour fes Auguftes enfans
qu'on ne peut exprimer , une conftante amitié pour
toutes les perfonnes qu'elle honore de fa bienveillan-
ce , un profond refpect pour le Roy , & un attachement pour Monfieur qui luy donne aujourd'huy
dans la perte que nous venons de faire, cette vive douleur qui ne finira qu'avec elle.

La France a de cette Princeffe un Duc d'Orleans ,
& une Ducheffe de Lorraine , un Duc d'Orleans qui
conferve les vertus de Monfieur dans leur jour, & qui,
pour marquer fon attachement pour la perfonne
du Roy , a cherché dans une nouvelle alliance à
luy appartenir encore de plus prés : Nous trou-
vons dans Madame la Ducheffe d'Orleans une Princeffe dont les vertus font admirées de tout le monde , & malgré cette modeftie qui luy fait cacher fes
grandes qualitez avec autant de foin qu'une autre

fe

se donneroit de peine pour les faire paroître, elle découvre à nos yeux un vray merite fondé sur un esprit capable des plus grandes choses : On voit enfin une Duchesse de Lorraine qui aprés avoir paru à la Cour avec cet air noble & gracieux qui luy est si naturel, donne à l'Europe un parfait modéle de l'amour conjugal, & renouvelle avec la Lorraine les alliances que cette auguste Maison à eu l'honneur d'avoir souvent avec la maison de France.

Arrêtons-nous, Messieurs, quelques momens, considerons icy le Sang de Monsieur qui se ranime pour conserver à jamais ces tendres liens de l'amitié qui l'ont toujours attachez au Roy, jettons les yeux sur ce nombre d'alliances entre le Roy & Monsieur dont l'antiquité ne peut fournir d'exemple, & remarquons à leur gloire que les siecles les plus reculez garderont le souvenir de leur amitié, en trouvant encore leur Sang mêlé ensemble.

Mais, si Monsieur reçoit pour récompense de sa pieté charitable une posterité si glorieuse, nous allons encore remarquer pour nôtre consolation, que Dieu, qui ne l'a jamais abandonné, redouble ses graces dans les derniers tems de sa vie pour le conduire dans les voyes de son salut, & que par un détachement de toutes choses, par un nombre infini de bonnes œuvres ce Prince si grand devant les hommes, va travailler à paroître grand devant Dieu, en faisant de saints efforts pour rendre sa Prédestination certaine comme parle l'Apôtre saint Pierre.

En effet, Monsieur ne paroît plus touché que du

D

defir de plaire à Dieu, en vain les plaifirs s'offrent à fes yeux, en vain ils luy difent comme ils difoient autrefois à S. Auguftin, eft-il poffible que vous vouliez nous abandonner pour toujours? *Dimittis nos & à momento ifto non erimus tecum in æternum?* Il ne les écoute plus, il les quitte fans regret, il va chercher dans le fein de la mifericorde des biens plus folides : & femblable à cet illuftre penitent il demande à Dieu pour diffiper leur murmure & pour rompre entierement avec eux, qu'il les éloigne même de fon fouvenir, *Avertat ab anima fervi tui mifericordia tua.*

C'eft dans fes prieres frequentes que prefent devant Dieu, humilié à la veuë de fes pechez, il luy difoit avec le Prophete dans l'efprit de la plus fincere penitence, les yeux baignez de larmes, le corps profterné : Seigneur, ne vous fouvenez plus de mes anciens pechez, *Ne memineris iniquitatum noftrarum antiquarum,* ou fi vous vous en fouvenez, faites, ô mon Dieu, qu'ils foient l'objet de vôtre mifericorde : *Cito anticipent nos mifericordiæ tuæ.*

Ne croyez pas, Meffieurs, que ce foit icy un trait d'éloquence, pour vous reprefenter Monfieur penitent, & occupé du feul foin de fe fauver, c'eft l'état où ceux qui avoient l'honneur de l'approcher le trouvoient le plus fouvent, & c'eft l'état ou Dieu l'a fait paroître devant les hommes pour leur faire fentir ce qu'il feroit un jour devant luy.

Si Monfieur eft obligé de donner quelques momens à fa Cour, s'il parle à tout le monde avec cette bonté qui luy eft fi naturelle, il fe retire bien-tôt

dans ſon Oratoire ; c'eſt-là que ſenſible aux plaiſirs
que Dieu fait goûter à ceux qui ne vivent que pour
luy, il diſoit un jour à une perſonne de piété, le cœur
plein des conſolations qu'il venoit de recevoir, *Voilà un
lieu bien convenable pour un Prince qui ne ſonge qu'à ſon ſalut.*

Mais ce qui doit ſurprendre tout le monde, & ce
qui nous marque la miſericorde de Dieu ſur Monſieur, c'eſt que ſans être malade, il ſentoit les ap-
proches de la mort ; qu'il en parloit même ſouvent
à ceux qui étoient auprés de luy avec moins de peine
qu'il n'auroit parlé de la mort d'un autre ; & pour
ſuivre les conſeils du Sage qui nous apprend que
pour ne plus pecher, il ſuffit de penſer toûjours au
moment de ſa mort, il avoit ſouvent dans les mains
un livre qui la rappelloit à ſa mémoire, & luy
donnoit les moyens de s'y préparer. Ses aumônes
redoublées, ſa piété plus vive, un dégoût du monde
marqué dans toutes ſes actions, une ſi grande ardeur pour la priere, qu'il ne paroiſſoit jamais content que quand il étoit humilié devant Dieu ; ce ſont-
là les œuvres qu'il faiſoit ſans ceſſe, & qu'il faiſoit
toûjours avec plaiſir, & ce ſont-là les moyens que
ſa piété luy ſuggeroit pour n'être pas ſurpris par une
mort prochaine qu'il ſembloit prévoir.

Une heureuſe occaſion de couronner la Vie Chre-
ſtienne de Monſieur ſe preſente ; le Jubilé eſt accordé à toute l'Egliſe, ce Prince profite de ces jours de
graces & de benedictions ; il délivre des priſonniers,
il donne aux pauvres des ſommes plus conſiderables
que jamais ; il ordonne qu'on faſſe des inſtructions

publiques dans fa maiſon, afin que tous ſes Officiers
inſtruits de leurs devoirs les rempliſſent avec plus
de piété ; & retiré devant Dieu il repaſſe ſes pechez
dans l'amertume de ſon cœur, il les preſente à ſa
miſericorde pour en obtenir le pardon, il ſe jette
pluſieurs fois aux pieds de ſes Miniſtres, il fait en
peu de jours deux Confeſſions particulieres, & rappelle dans une Confeſſion generale tous les pechez de ſa vie pour les ſoûmettre encore une fois
à la juſtice de Dieu ; il les confeſſe avec une ſi vive
douleur, qu'il édifie celuy qui les entend, & dans une
pleine ſanté il reçoit le Corps de JEsus-CHRIST avec
autant de préparation à la mort, de crainte des
jugemens de Dieu,& de confiance en ſa miſericorde,
que s'il s'étoit vû dans les derniers momens de ſa
vie.

Voilà, Meſſieurs, ce que j'oſe appeller un caractere de Prédeſtination ; Dieu qui le veut ſauver luy
fait preſſentir le tems de ſa mort, pour qu'il s'y diſ-
poſe ; Monſieur fidele à ſes graces, en profite pour
ſon ſalut, & ſoûmis à ce qu'il plaira à Dieu d'or-
donner de luy, il attend la mort ſans frayeur ; s'il
craint un juſte Juge, il a recours à un Dieu miſeri-
cordieux, & dans cette crainte mêlée d'amour &
d'eſperance, il met ſa confiance dans un Dieu qui
ne l'a jamais abandonné. Ce Prince continuë le peu
de jours que la Providence luy laiſſe dans les exercices de la piété la plus tendre ; & plus ſa mort ap-
prochoit, plus il ſentoit que ſon cœur s'uniſſoit à
Dieu, qu'il alloit poſſeder éternellement.

Ce jour si fatal pour nous, si heureux sans doute pour Monsieur, arrive; il tombe entre les bras de ce Fils qui luy est si cher, qui surpris & pénétré d'une douleur qu'on n'avoit jamais sentie, n'a pas la force de le soûtenir; toute cette Cour frappée d'étonnement, sent sa douleur sans la pouvoir exprimer; des paroles entrecoupées de sanglots marquent à peine ce qu'on veut dire; & dans une si triste situation, on envoye avertir le Roy du dangereux état où Monsieur se trouve.

Seigneur, moderez la douleur que ce grand Prince va sentir de la perte d'un Frere qu'il aime si tendrement toûjours presente à son cœur, elle troubleroit sans doute le repos de ses jours précieux, augmentez-les en retranchant les nôtres, nous ne les pouvons trop acheter, & conservez-le pour le bien de l'Eglise, pour celuy de l'Estat, &, si je l'ose dire, pour vôtre propre gloire.

Les traits de la plus vive éloquence ne peuvent representer ce que le Roy sentit en apprenant cette funeste nouvelle; il arrive à Saint Cloud; il trouve Monsieur presque entre les bras de la mort: Quel spectacle pour luy? Il le ranime par sa presence, le rappelle quelques momens à la vie, & fait employer par les Medecins les plus habiles tout ce que leur science leur peut fournir de remedes; dans ces tristes instans le Confesseur de Monsieur arrive; ce Prince le reconnoît, il le regarde, il luy marque par des signes sensibles le plaisir qu'il a de luy entendre parler de Dieu, il cherche dans une langue embarassée des paroles qui ne laiſſent pas encore de marquer le deſir qu'il auroit de recevoir JESUS-CHRIST ſur la Terre avant que de s'unir à luy dans le Ciel, & mourut peu d'heures aprés de la mort des Juſtes.

C'eſt alors que n'étant plus ſoûtenu par un reſte d'eſperance, tout le monde s'abandonne aux mouvemens d'une ſi extrême douleur, qu'on peut dire que l'image en étoit ſi touchante, qu'elle avoit encore quelque choſe de plus triſte & de plus affreux que l'image de la mort : C'eſt alors que le Roy fit voir par ſes larmes que les plus grands cœurs ne ſont pas les moins ſenſibles; c'eſt alors qu'il promit à cette auguſte Famille affligée cette protection éclatante dont il vient de luy donner des marques, & c'eſt ainſi qu'il trouve le ſecret de récompenſer le mérite du Fils en ſatisfaiſant à la tendreſſe qu'il auroit pour le Pere.

La nouvelle de la mort de Monſieur s'étant répanduë, cauſe une conſternation publique ; & l'on peut dire que ce Prince ne ſeroit jamais mort s'il avoit vêcu auſſi long-tems qu'il auroit été aimé & cheri des peuples.

C'eſt enfin dans cette triſte ceremonie où le monde luy vient rendre ſes derniers devoirs : Heureux dans nôtre malheur de trouver dans ſa piété l'eſperance de ſon ſalut, de ſçavoir que ſi ſa mort a été prompte, elle n'a pas été imprévuë ; que ſes œuvres charitables, ſes prieres frequentes, ce parfait détachement de toutes choſes, cet abandonnement de luy-même aux ordres de la Providence, ont précedé ſa mort,

& l'ont renduë précieuſe aux yeux de Dieu.

Oüy, grand Prince, le Sang de J. C. dont vous avez profité pendant vôtre vie, vous tient lieu de celuy que vous n'avez pas reçû à l'heure de la mort : Vous paroiſſez aujourd'huy devant un Dieu qui vous avoit accoûtumé à l'aimer, & juſtifié par les œuvres d'une Penitence ſincere & veritable, vous joüiſſez ſans doute des récompenſes qu'il donne aux ames qu'il choiſit.

Mais nous, Meſſieurs, que Dieu ne laiſſe en ce monde que pour travailler à nôtre ſalut, qu'attendons-nous pour nous convertir ; les plus grandes maladies attaquent les plus grands Princes, nous venons d'en perdre un que nous ſentons qu'on ne peut aſſez regretter ; les grandeurs s'évanoüiſſent, la figure du monde paſſe, voulons-nous en paſſant avec elle, ne préſenter à la Juſtice de Dieu offenſée que des cœurs remplis de pechez dont ils n'ont jamais fait penitence.

Faſſe le Ciel ! qu'une condüite ſi peu chrétienne, ne ſe trouve point dans un Auditoire ſi reſpectable. Faſſe le Ciel ! qu'on n'y connoiſſe les grandeurs que pour s'humilier, le monde que pour s'en détacher, les paſſions que pour les vaincre. Faſſe le Ciel ! que les vertus de Monſieur nous ſoient preſentes auſſi long-tems que ſa perte nous ſera ſenſible.

MONSEIGNEUR,

Une douleur ſi univerſelle ne me permet pas de Monſeigneur le Duc de Bourgogne.

parler de ce merite éclatant qui fait l'étonnement &
l'admiration de tout le monde, vous me défavoüe-
riez si dans cette triste cérémonie, je mêlois vos
loüanges avec des pleurs; laiſſons donc à vos vertus
le soin de vous faire connoître, elles s'en acquittent
dignement, il suffit pour nôtre édification d'admirer ces réfléxions solides d'un esprit toujours juste,
qui à la vûë de cet illustre mort, de ce grand
Prince que vous régrettez si vivement, vous ont fait
remarquer la vanité des grandeurs du monde, dans
un âge où on les aime sans les connoître; & de pu-
blier que Dieu qui vous a donné un cœur au deſſus
des autres, vous met déja, MONSEIGNEUR, au
deſſus de vous-même.

FIN.

PERMISSION.

PErmis d'imprimer ; deffenſes à tous Imprimeurs de
le contrefaire, ſous les peines portées par les Regle-
mens. Fait ce 28. Juillet 1701.

M. R. DEVOYER D'ARGENSON.

www.ingramcontent.com/pod-product-compliance
Ingram Content Group UK Ltd.
Pitfield, Milton Keynes, MK11 3LW, UK
UKHW022327170726
13837UKWH00005BA/2165